一滴の水滴が小鳥になる

洞口英夫

思潮社

一滴の水滴が小鳥になる——

洞口英夫

洞口英夫詩集

目次

装幀＝思潮社装幀室

一滴の水滴が小鳥になる——　洞口英夫

一滴の水滴が小鳥になる

一滴の水滴が
小鳥になる
私の死んだあとに
まるいとうめいな
球が出現して
その中に小さな私が
はいっていて
どこへともなく
とんでいった

一滴の水滴が
小鳥になる

令和3年9月4日

少年

夜あけの最初の青い光が窓に映る
美しい朝が始まる
机で本を読んでいた少年が——
じっと窓をみる

青闇が去ってしまうと
みなれた地上の恐ろしい朝が始まる
人間たちの日常が眼に入ってくる
少年はとうにそんな風景があきてしまっているので

じっと窓をみているのです

窓に青闇が映り窓が白くなる瞬間まで
少年はじっと窓をみているのです
夜あけの最初の青闇が
地球に定住するまえの世界の色であるかのように

昭和43年5月6日

また見つかった永遠が

海辺に出たら
海面が
キラ
キラ
キラ
キラ
光って
いる

美しい一瞬が永遠
すべてのものがいっしゅんであり
永遠である
また見つかった永遠が
光の蝶が海面に何万もとまっている

令和3年7月20日

花影

ふたりで歩いた
道を歩いて
咲いてる花を
ふたりで見た
場所で足をとめ
花を見ていた

令和4年4月25日

立影《たちかげ》

どこかに
私の形をした
立影が
立っていて
私のはいってくるのを
まっている

令和2年3月9日

境界

幼いころ
地球に落ちる夢をみた
まったく同じ夢を年を違えて何度もみた
遠くの宇宙からやってきて
夜の地球の上をぐるぐるぐるぐる
廻ってそのあげく
地球に落ちる
夢はそこで終っていて
こわくていつもそこで

眼がさめていた

これが私の生誕だとわかったのは
おとなになってからでした

令和3年5月4日

ふと思う

人は
どこかで
死を待ちながら
生きているのかもしれない
それは
魂の願い
でもあるかのように

令和3年10月6日

花

花にきいてみた
おまえはどうしてそんなに
かわいいのかこの世に
降りた妖精なのかと
すると花はこたえた
私はここにいるだけよと

令和4年9月17日

小さな女の子

男の子と
ならんで座っている
小さな女の子が
はにかみながら笑っている
それだけでいい
再びこの時にもどれない
小さな女の子の笑いが
永遠な一瞬におもえ
それだけでいいと

おもう
すべての瞬間が
永遠の一瞬
小さな女の子が
はにかみながら笑っている

令和3年9月4日

コスモス

コスモスが
風にゆれている
それだけで　いい

道ばたに
青い小さな花が
咲いている
それだけで　いい

みなそのままで　いい
私は私のまま
いなくなる
それで　いい

人にふまれても
咲いているタンポポそれでも
そのままで　いい

いつか地球が
なくなる
いつか地球がほろびて
宇宙になる

令和3年11月30日

夜の海

奇怪な魚がくちを
あけている
それは夜の海から
あらわれる

奇怪な魚が
くちをあけたまま
夜の海から
あらわれる

それは
わたしをくわえに深海の
夜の海から
私の部屋に
やってくる

令和2年12月10日

しゃぼん玉

しゃぼん玉が私の前に現われたので
あたりをみわたした
誰もいなかった子供の声すらきこえなかった
この空間にどこから
とんできたのかと天をみた
夢を待ってる人みたいに

平成30年9月16日

ザンパノ

酒場から放り出されて
海辺にきた男は
白い波がおしよせてくる海辺にたおれこみ
天をあおぎこれまでを想い浮べ
なくしたジエルソミーナを
おもいうかべ
やさしくしてやれなかったのをおもい
海辺にたおれこむ

令和2年11月23日

黄金の陽だまり

そこだけが
　陽だまり
　　　になっていて
黄金の陽があたっていた
晩秋の山道の
峠を降りたところの
雑木林の樹の根本の
落葉が

落ちてるあたり
そこだけが
陽だまりになっていて
黄金の陽があたっていた

平成27年12月11日

こころのなかをのぞいてごらん

こころのなかをのぞいてごらん
小さな神さまが鎮座しているのが
　みえるでしょ

こころのなかをのぞいてごらん
　小さな神さまが
どっちをえらべばいいか
おしえてくれているよ

こころのなかをのぞいてごらん
　小さな神さまが
大きなぼんのうの鬼を足で
　ふみつけていてくれているよ

平成28年7月21日

共時性

これが夢だと
どこかで知っているのです
もうだめだと思うとき
もうにげられないと思うとき
目を覚してしまえと
目を覚すように

ギャンブルに落ち込んでる老人が
やめようと思うのだが

ますます深みに落ちていく
このギャンブルも夢だと
どこかで知っているのです

もうだめだと思うとき
目を覚す夢のように
老人は目を覚すのです

平成26年9月26日

もう一ツの運命があるのでは

その人の運命とは違った
　もう一ツの運命があるのでは
　　と子供のころから
　　　どこかでおもっていた

運命は自分できりひらくもの
　というがどうにもならない運命が
　　働いているのではとおもうのです

なんでこんな生きかたになってしまった
　んだろ
なんでこんな人生になってしまったんだ
　ろとおもう
そんなとき
もう一ツの運命があるのではと
　おもうのです

その人の運命とは違う
もう一ツの運命があるのではと
　おもうのです

令和2年3月23日

みえない船がみえる

みえない船がみえる
死が近いんだとおもう

体がだんだん死んでいくと
みえない空に
白い船がみえるんです

この世はもう一つの世が
はいりこんでいてときおり

その人に危機をしらせようと
もう一つの世がゆらぎ

みえない空に
白い船となって
うつるのです

平成27年1月23日

落葉

秋の陽射しがいつのまにかなくなり
枯葉をふみつけて歩くように
自分をふみつけて歩いていた

おれはどうしてこうなんだと
だめな自分が落ちてくる
落葉の道を歩いていた

私はいつまでも

私が落ちてくる
枯葉のなかを
おれはどうしてこうなんだと歩いていた

平成29年12月10日

餓鬼

私は畳四畳ほどの平らな岩の上で
禅の修業をしてた、そこは標高三〇〇〇メートルはある岳の頂上で、
　私が座禅してると
畳四畳ほどの平らな岩に手をかけ
よじのぼろうとする餓鬼がときおり
顔だしたりしている、がまだどの餓鬼も
手をかけよじのぼってる者はいなかった
それでも何匹もの餓鬼は私の居る畳四畳ほどの
岩にははいあがってくるようでこわかった

私がここで
何か一ツでも、心にない行為したら
終りだとおもって
私はじっと魂にしたがった
そしてじっとがまんしてたら
餓鬼共は皆谷底に落ちていった

平成28年8月9日

夢がはいってくる

夢がはいってくる

闇のなかに
いくつもの
顔があらわれ
いくつもの夢になる

うごきだした夢は
みしらぬ

うごきになり
ひとりの女になり
妻になったりする

闇の一点が
いくつもあるかのように
いくつもの夢がはいってくる

令和5年6月23日

雨の芝浦

雨の芝浦
はしけがきしむ
みえない舟底に
何が入っている

雨の芝浦
はしけがきしむ
使い古された
はしけがきしむ

雨の芝浦
はしけがきしむ
きしむはしけの音が
お前は何をしているのだという
どうしてお前はいつもこうなんだという

雨の芝浦
はしけがきしむ

平成24年1月18日

蝉

私の死も
そのへんに落ちている
蝉の死骸
とおなじなのではないか

人間葬式なんかしてもらい
お通夜だ本葬だと
親戚が遠くから集まったりするが

人の死も
蟬の死骸と
おなじなのではないか

私も
そのへんに落ちている
蟬でないか

平成22年8月1日

海辺

はだしで波打ぎわを
歩いていると
足は波にぬれたり
砂が足についたりする

日常を歩いていると
人の世のルールに
しばられたり
この世に

はいりこんでいる
あの世の気に触れたりする

海辺をはだしで
歩いていると
足は波にぬれたり
砂が足についたりする

令和3年4月25日

草原

君の瞳に
ぼくがうつる

君にキスするたびに
君の瞳にうってしまう
ぼくをなんとかしてくれ

君にキスするたびに
君の瞳にうってしまう

ぼくはいらないので
君の顔にぼくがちかづいたら
君の瞳にぼくがうつらないように
君は眼をとじてくれ

君にキスするたびに
君の瞳に
ぼくがうつってしまう

令和3年3月7日

貧しいふたり

若い
ふたりは
むさぼるようにキスをする
暗闇でだきあって
公園のベンチで
草原にねそべって

はじめて彼女に
キスしたとき

彼女のヒザはくずれたのに
いまや
ふたりは
むさぼるようにキスをする

この世のはてに
きてしまったように
なにもない貧しいふたりは
むさぼるようにキスをする

これからふたりが
どうなるのか
ふたりにはわからない
ふたりはあうと
むさぼるようにキスをした

令和3年9月6日

対消滅

私が死んだら
　だれがあなたのことを
　　おもいだすのか
私が死んだら
　あなたのことを
　　おもいだす人がいなくなる
私が死んだら
　あなたのわたしをみる笑顔を
　　だれがおもいだすのか

私は死ねない
　私のなかにしかいない
　　あなたがいなくなるから
私が死んだら
　私のなかにしかいない
　　あなたをだれがおもいだすのか
私が死んだら
　私のなかにしかいない
　　あなたも私もいなくなる

令和元年10月2日

こんど生まれてきたら

生まれ変って
こんど生まれてきたら
死んだ妻と結婚して
愛をやりなおしたい

生まれ変って
こんど生まれてきたら
死んだ妻も
生まれ変っていてこの街で

妻とであい結婚して
愛をやりなおしたい

妻を失って
愛のなんたるかを感じたので
愛をもう一度やりなおしたい

生まれ変って
こんど生まれてきたらこの街で
生まれ変っている妻とであい
愛をやりなおしたい

平成30年9月21日

霧笛

青森の
駅前の旅館に居ると
霧笛のこえがする

その
むせびなくような
ウウウンーウウンーウンと
きこえてくる
霧笛のこえが

青森の
駅前の旅館にいる
私の胸をかきむしる
私の狂気を呼びさまそうとする
私は霧笛によびこまれ
みえない海に向って
走りだす

青森駅前の
旅館にいると
夜をとおってくる
霧笛のこえがする

令和3年8月17日

くるみ

たにまのくるみの
樹の枝が
　川の流れのある方に
　　枝を伸していって
　　　たねを落すように
人はいつか
　永遠の流れにのびていって命を落す

平成26年2月21日

ある日知らない街で

ある日
知らない街で
眼の前の空中に
人が現われきえた

それは異界にすむ人が
一瞬だけ空中のうすいとこを
通ったのだとおもった

令和5年3月1日

むかで

草むらから出てきたむかで大きさ16㎝位で
体は黒いのにオレンジの足がびっしり
体についている
そんなに多くの足いらないだろと
おもいながら草むらにきえるまで
むかでをみていた

人もまた
草むらから出て草むらにきえる

むかででないか
人も体に余分なものいっぱいつけている

令和4年5月20日

人は魂のヤドリ体

人は魂のヤドリ体
傷ついた魂が人にはいって
人間になるのです

私のなかにはいった傷ついた魂が
回復して出ていくときが
私の死私と魂の対消滅

人は魂のヤドリ体

傷ついた魂が人にはいって
人間になるのです

私のなかにはいってる魂が
回復して出ていくときが
私の死私と魂の対消滅

人は魂のヤドリ体
傷ついた魂が人にはいって
人間になるのです

令和5年2月6日

信仰のかなしみ（関根正二の絵の題名）

幻覚は見てる者を圧倒する
幻覚は見てる者には在るのだ
私の前に少女が出現した

私の前に出現した少女が
私の前から消えた
私の前に出現した少女は
どこへ消えたのか

少女は見えてるあいだ私の前にいた
私の前に出現した少女は
私のなかにきえた

平成28年1月23日

自己幻視

この世が夢であるなら
覚めて在る世界が
別にある

みえないものを
みつめていると
空中にみることがある
自己幻視

この世が夢であるなら
覚めている自分が
別の場所にいる

ないものがみえる
自己幻視
この世が夢であるなら
別の場所にいる自分がいる

みえない自分をみつめていると
空中に自分をみることがある

昭和56年12月11日

神託

私の横に私がいる
こんなこわいことがあるのかと
私の横に顔をかたむけてみる
私の横に私がいる
さらにもう一度顔をかたむけてみる

私の顔の横に私がいる
こんなこわいことがあるのかと
あきらめかけていた

自分をとりもどす

平成30年7月5日

地球病棟

ぼくはこの世に存在しないふるさとを
　想いながら生きていた
ぼくのほんとうの風景は地上のどこにもない
ぼくはこの世のことが何もかも
　別世界のことのように
　　想える
風景が建物が異界にみえてしまう

この世は闇を

とおってくる光がてらしている
秋の陽差しがうつくしい
陽だまりがこがねいろにみえる

この世の入口で待っている
もう一人のぼくが
私が回復して出てくるのを待っている

ぼくはこの世に存在しない自分を
想いながら生きていた

昭和59年2月26日

人は地上におちる影のようにうごいている

人は地上におちる自分の影のように
うごいているので
異界の自分に気づかない

わたしたちは
異界の自分が自分で
異界の自分がうごいたように
うごいている

自分が
まちがったほうをえらんでいるとしても
異界の自分がえらんでしまってるので
あとおいしてしまう

人はみな地上におちる影のように
うごいている

令和5年2月9日

みえないものをみせてしまう

ダークエネルギーが宇宙を加速膨張させて
　いるのがわかり
ダークマターがみえるようになり
ブラックホールがみえるようになる
この宇宙は前の宇宙から出現した
ぼくはぼくの前のぼく
ぼくはぼくの後のぼく
宇宙は対称性のズレからはじまった
どこまでも想像するアインシュタイン

みちびかれるがままに
みえないものをみせてしまう

令和4年12月31日

その人のいかなる人生も魂の運命をたどる

夜の青闇のなかに帰っていくように
体が記憶している記憶

傷ついた魂がとびかっていて
傷ついた魂が人のなかに入って人間になる

魂の傷が自分の傷自分の病い
自分の傷は自分いぜんのもの
人のなかに入った魂が傷がいえて

人から出ていく動きが人生
その人のいかなる人生も魂の運命をたどる

令和5年5月15日

人は自らの神話のなかに閉じていく

君は君にしか生れてきてないのだから
君は君でしか生きられない
　生をいきてきたのだから

なにもおもうまい
すぎたことはなにもおもうまい
これからどうすりゃいいのかわからないが
眼のまえのこと
　一ツ一ツこなしていくしかない

人は自らの神話のなかに閉じていく
後ろをふり向いてはいけない
すぎたことをおもうのはやめよう
君は君にしか生れてきてないのだから
君は君でしか生きられない
　生をいきてきたのだから

令和3年6月3日

星が落ちた街

詩に憑かれた詩人が
街のどこかにいて
市民の生活している

街のどこかにいる
詩に憑かれた詩人
街の人は奇みような違和感を感じるので
詩に憑かれた詩人は
街の人に気づかれないように

ふつうの人をよそおって
街にひそんでいるのです

詩に憑かれた詩人は
どこの街にもいて
気づかれないように
市民の生活をしているのです

令和4年8月14日

夢の散歩道

この世はこわい夢のあとさき
柳瀬川の土手を歩く
水たまりがあったり
青い小さな花を見たり
流れている川を横目でみて歩く
川の水は追いこすことなく流れている

東京湾まで40Ｋという看板をみる
そんなに歩くわけないだろうと

おもいながらもう一度看板みる
英橋から白い富士を見
つり人を見子供の白さぎと
その親をしばらくみていた

川の水は追いこすことなく流れている
川の水は前の水も後の水もつながっている
この世は夢の散歩道

令和3年5月16日

永遠の瞬間

夕暮れ空に金星が
見えた瞬間を見た
夜明け
シリウスが見えなくなる瞬間を見た
また見つかった永遠が
星があらわれ
星がみえなくなる
わたしがこの世に現われ
わたしがこの世からいなくなる

あらゆるものみな
永遠の瞬間
またみつかった永遠が
夕暮れ空に金星が
見えた瞬間を見た

令和3年10月3日

青闇

美しい青闇が
生前をうつしてる
地球をとりまく
青闇が
生前みていた
青闇だとおもう
命は地球の外からきたものだから
命に反射する

生前みていたものだと

令和4年9月2日

桜提み

この世の最後の見おさめとばかりに
桜提みを歩く
柳瀬川土手を
新座団地よこから
志木市役所よこのさかえ橋まで歩く

桜は満開を少しすぎていて
花が花びらが落ちてきて
落ちた花をひろい袋にいれてる

女の子がいた

この世の最後の見おさめとばかりに
桜提みを歩く
落ちてくる桜の花は
見るとスズメが桜の花をついばみ
落していたそれは
神の気まぐれで命を落す
命のようでした

令和4年4月2日

遺影

ある日のある時
とある街の葬儀所になってる
家をみつけはいってみた

すると式場に置れてる
菊の花の上の
遺影の写真がなぜか

わたしだったので

これはやばいとおもい
だれにもそのことはつげず
葬式のある家を出て
別の街にいこうとして
あるいていた

令和5年4月1日

魂の秘密

魂の秘密を書きとめる者は
死が近い

傷ついた魂が人間にはいり傷が
いえて出ていくのが人間の死で
あるのなら私の死は近い
私の免疫はきれ
生きてる時はかぎられている

彼は魂を解き明したのだ
穴蝉が蝉になるように
魂が私から出ていく

令和2年4月21日

イヴ・クライン

かって安東次男が詩にした石の死の人影
イヴ・クラインもゼレンスキーもみた
　石の死の人影

石段に休んでいた人が
　石の死の人影となる
これほどのことがあろうか
一瞬にして人を石の死の人影にしてしまう
　核の閃光《せんこう》

プーチンはウクライナを広島に
　しようとしている
かつてウクライナはロシアだった
ロシア皇帝になるんだと言って
ウクライナ全土の人と建物が
殲滅《せんめつ》され殺戮《さつりく》された
これほどのことがあろうか

令和5年5月27日

みえないものをみていた

一度も自分の才能を開花させないまま
死んでしまった天才詩人が
異郷の地で死ぬ

異郷の地に住んで58年
なにをやってたんだろ
わからないなにもわからない
パチンコばかりやってた

自分がなにものであったのか
私のなにもかもすべてが
自分のなかにすむ魂が
私から出ていく動きだった

私のすべては
私のなかで回復して出ていく魂の動きで
私のなかの魂が出ていくときが私の死だった

異郷の地で
天才詩人が死んだ
一度も自分の才能を開花することなく

令和4年9月25日

歩いてる人がきえてしまう

歩いてる人がきえてしまう
そんなふうに
わたしのまわりの人がいなくなる

おあいしておこうとすると
ちょっと遠いし何に着ていこうかと
おもったりしているとその年の暮には
訃報の知らせがとどいたりする

歩いてる人が
あるいてるままはいってしまう
そんなふうに
わたしのまわりの人がいなくなる

令和5年1月28日

しずみだま

人は
自分いがいの人には言えない過去を
　いくつも　もっていて
ときどきそれをおもいだすのです
人は自分いがいの人にはおもいだして
　ほしくない過去をいくつも　もっていて
ときどきおもいだすのです
人はその過去を封印して

生きていくしかないと
　しゃべらないでいるのですが
それをときどきおもいだすのです

自分いがいの人には
　しゃべらないできた過去を
人は死んでからも
しゃべらないでおこうと
　おもっているのです

人は
自分いがいの人には言えない過去を
　なかったことにして
　　死んでいくのです

令和2年4月1日

かなしみのかさぶた

かなしみは
人に言えないかなしみは
そっとしておきましょう
おもいだすのはよしましょう

かなしみのかさぶたはあけないで
そっとしておきましょう
自分のみにくいかなしみは
みるにたえないですから

自分のかなしみは
みるにたえないですから
だれにも話さず
海の底に沈めておきましょう

ああそれでもときどき
かなしみのかさぶたはあいてしまう
自分のかなしみはみにくいので
かなしみのかさぶたはあいてしまう

かなしみのかさぶたが浮んだら
あけないでおきましょう
あなたのかなしみは魂のかなしみ

令和4年5月18日

箱の部屋

迷路の末にたどりついた
箱の部屋から出られなくなり
地上に出たいおもいがきえた頃
箱の部屋の一面がきえ
通路がみえそこを歩いて
地上に出て空がみえた

がここがどこなのか
わからず

迷路のような街を
あるいていた

ここがしらない街であるのに
いつのまにかまた
迷路の街の地下の
箱のような部屋に
たどりついていた

孤独者のたどりつく
死者の部屋のように

令和4年2月1日

詩人は自分を犠牲にして
　詩を書いているのです

私は自分自身を救助しな
　ければならなかった
それが世界の人の救助に
　なるとおもっていた

いつもいつもだめな自分に
　なってしまう
もうやめたと決心してたのに

いつものだめな自分になってしまう

詩人は自分を犠牲にして詩を
　書いているのです
それが人の救助になるとおもっていた
そして詩人はどこまでも落ちていった

私は自分自身を救助しなけ
　ればならなかった

令和4年4月25日

そのへんの一ツの石にも意味がある

そのへんの一ツの石にも意味がある
老いて体をこわして死んでいく老人に
　も意味がある
顔にくっついてきた小さな虫を手で殺す

ひとときをいきていた虫も私も
ひとときをいきていたなかま
それなのに顔にくっついてきた虫を
手で殺してしまった

私の死も小さな虫の死もおなじで
永遠のひとときをいきていたなかま
私の死も小さな虫の死も意味がある
永遠のひとときをいきたなかま

そのへんの一ツの石にも意味がある

令和4年11月4日

魂の生に随従する狂気

その人だけの
誰にもわからない
部分があって

その人だけが体験していく
何か
その人を解く鍵のような
もの

人それぞれがもっている
何かが
その人の人生なのかもしれません

その人だけの
魂の生に随従する
狂気

それが
その人だけの
誰にもわからない
何かだったりするのです

令和2年3月30日

幻視者

私の知っている人が
　空中に出現する
見ている自分がいるので
　しばらくみていた

旅館の壁の汚れが
うごきだしそれが
なんにもの人のうごきになり
そのなかのひとりがわたしにみえた

街にでると
むこうから近づいてくる車が止ってみえた
みしらぬ人が私にちかづいてきて
　私のまえで消えたりする
幻覚とはまぶたを閉じた
　せつなにうつる夢なのではないか
幻視者とは詩人のことで一瞬の想像現実
ないものをみているのです

令和5年6月6日

洞口英夫（ほらぐちひでお）

昭和17年７月４日高山市に生まれる
岐阜県立斐太高等学校卒業
妻—洞口久美子
子供—洞口智行、洞口夢生
昭和34年詩集『硬い胸』（笠俊介氏）
昭和40年『回復まちの休憩所から…』（思潮社）
平成19年『闇のなかの黒い流れ』（思潮社）
令和２年『流星は魂の白い涙』（思潮社）
現住所　埼玉県新座市新座３－４－５-302

一滴《いってき》の水滴《すいてき》が小鳥《ことり》になる

著者
洞口英夫《ほらぐちひでお》
発行者
小田啓之
発行所
株式会社思潮社
〒一六二-〇八四二　東京都新宿区市谷砂土原町三-一五
電話〇三（五八〇五）七五〇一（営業）・〇三（三二六七）八一四一（編集）
印刷・製本所
創栄図書印刷株式会社
発行日
二〇二四年七月二十日